강자갈의 고독

양동일 시집

시인의 말

나는
그리움을 품고 사는 사람이다

시는 나의 그리움을 담고
울음을 담아내는
깊고 푸른 그릇이다

천천히,
그러나 너무 늦지 않게
내 살아온 날의 발자취를
돌아보고자 한다

더 낮은 걸음으로
시의 길로 나아가고자 한다

2026년 5월
새벽 양동일

차례

3부

1부

해초의 푸른 꿈

바닷가 척박한 바위틈에
뿌리를 내린 해초
밤마다 파도 소리에 귀를 열고
바다 저 너머의 세상을 듣는다

매일 소금기에 절여지고
돌 조각 굴 껍질이 칼날처럼 번뜩여도
제 자리를 떠나지 않는다

세상과 멀어진
고독한 나그네의 옷깃

그대는 아는가
흙 한 톨 없는 바람의 땅
거친 돌 틈을 걷고 있는
해초의 푸른 꿈을

내 마음속의 시

좋은 시를 쓰고 싶다
많이 늦었지만 내 안에는 아직
쓰지 못한 시들이 가득 차 있다
못다 한 이야기가 쌓여있다

좋은 시가 아니어도 좋다
거울을 비춰보듯 내 마음속의 풍경을
맑게, 따뜻하게 풀어내고 싶다

내 걸어온
외롭고 슬프고 아름다운 날들을
내 이웃의 어제와 오늘
웃음과 눈물의 사연들을

흘러간 시간 속에
남겨진 숱한 언어들

내 마음속의 시로 남아있다

심장의 눈물

차가운 베게 위에
젖어 드는 눈물 자국

아무도 모르게
내 심장이 운다

젊은 날,
치열한 삶의 전장 속
수없이 깨지고 엎어져도
다시 일어섰지
비틀거리는 두 다리로
기어코 버텨냈지

불의와의 싸움, 협객의 멍에
이제 무거운 짐 내려놓고 싶다

거친 폭풍우 지나간 자리엔
무지개도 태양도 보이지 않는다

상처투성이의 몸
성한 곳 하나 없다

이젠 쉴 수 있을까
지친 어깨 내려놓을 수 있을까

한 방울 남은 땀

나에겐 세 개의 땀방울이 있다

첫 번째 방울은 시
세상을 향해 가슴을 연다
두 번째 방울은 음악
진심을 담아 나를 던진다

늦은 나이에 시작했다
세월의 강은 깊어졌지만
첫발 내딛는 아이처럼
오늘도 설렘을 걷는다

이제, 마지막 남은
한 방울의 땀
어디에 쏟을까
어디로 흘러갈까

사랑일까, 말없이 건네는 따스한 손
건강일까, 내일로 걷는 굳건한 발걸음
우정일까, 흐르는 시간 속 변치 않는 마음
봉사일까, 나 아닌 다른 이를 위한 빛

신앙일까, 삶의 끝에서 피어나는 믿음

어디로 향할지는 알 수 없지만
마지막 남은 한 방울이 맺히는 곳에
세상의 빛이 열리기를
평화의 노래가 피어나기를

어린 그루터기

꽃다운 청춘
짧디짧은 생

채 피어나기도 전에 잘려버렸네
붉은 땅 푸르른 심장이 되어
온 세상을 맑게 정화해야 하는데
나뭇가지마다 작은 새들의 보금자리
평화를 노래해야 하는데

꿈이 꺾여 버렸네
이제 막 새싹이 돋고 있는데
이제 막 햇살이 내리고 있는데
앙상한 그루터기만 남았네

시간은 멈춘 듯,
멈춘 듯 지나가 버리고
어린 그루터기의 나이테 위에
나그네의 슬픔만 깊어지네

돌탑의 소원

무등산을 오르다 보면
산길 중턱 허름한 곳에
피라미드 돌탑 하나가 있다

수많은 세월 남녀노소
작은 돌, 큰 돌 고르고 골라
소원을 쌓은 손길들

사랑을 주세요
건강을 주세요
후손을 주세요
평화를 주세요
부자가 되게 해주세요

간절한 소망, 소망들

오늘도
말 없는 돌멩이는 하나둘
세월 따라 돌탑이 되어간다

상념의 발걸음

나는 걷기를 좋아한다
먼 길 가까운 길
혼자 걷기를 좋아한다

어떤 날은 천천히
아껴 걸을 때도 있다

길을 걸으면
투명한 거울에 비춰보듯
나를 돌아볼 수 있다

때로, 조각조각 지난 걸음이
부끄러워 멈칫하기도 한다

걸으며
시도 한 편 써보고
노래도 만들어 본다

걸음이 시가 되고
걸음이 멋진 노래가 되어
세상 사람들이 함께 듣고

함께 부르면 얼마나 좋을까?

오늘도 상념의 발걸음
어딘가 그곳 종착역을 향해
하염없이 걷고 또 걷는다

우주를 날고 싶다

사랑을 등에 업고
양팔을 힘껏 벌려

청정 우주
어느 곳을 날고 싶다

아무도 없는
끝없는 우주를
쉬지 않고 날고 싶다

빛나는 별
휘영청 달님을 만나면
그간 안부를 묻고,
저 아래 세상을 들려주고 싶다

쉼표 없는 꿈의 여정
무한 우주를 날고 싶다

채워진 곳간

오랜 세월 차곡차곡
곳간에 쌓아둔 친구들
보석보다 귀하고 소중하다
속마음까지 다 털어놓았다

하지만 세상일이 어찌 내 마음 같을까?

추억의 친구들은 세월 따라
하나둘씩 내 곁을 떠나가고
곳간도 점점 비어간다

남은 시간이 짧아
더 이상 친구를 만날 시간도 없는데
천만다행 새로운 친구가 생겼다

시와 음악
그리고 SNS 친구들

빈 곳간에 소중히 모시고 싶다

애벌레의 삶

길섶 실오라기 나뭇가지 위
애벌레 한 마리 매달려 있다
바람 따라 이리저리 흔들리고 있다

벽시계 추처럼 좌우로 오가다,
무심히 통나무를 기어오른다

쉬지 않고
끊임없이 위로, 위로만
오르고 있다

뙤약볕에 서서
한참을 지켜보다,
손으로 집어 길바닥
그늘진 곳에 놓아주었다

세 시간쯤 뒤
다시 찾은 그 자리
애벌레는 한 발도 움직이지 못한 채
그대로 말라 죽어 있었다

아, 나뭇가지에 그대로 둘 것을

그만의 삶
그만의 자연으로 남겨둘 것을

영신마을 예찬

무등산자락에 깃든 신령의 마을
유년의 숨결이 살아있는 내 고향

맑은 공기 넉넉한 인심
눈길 닿는 곳마다 수려한 풍경
대한민국 가장 아름다운 마을로 지정되었네

오백 년 세월 품은 야사마을 은행나무
백두산 천지와 비견되는 천하제일경 적벽강
능선 따라 금빛 물결 출렁이는 억새밭 장불재
무등산의 기상을 품은 육각기둥 입석대
유네스코에 등재된 규봉암

여기가 내 고향 영신마을
어머니 품속 같은 풍경 속에서
나는 꿈을 키우고 자랐네

영원한 신의 마을 영신
오늘도 축복처럼 거기, 그 자리
살아 숨 쉬고 있네

아스팔트 틈새에 핀 민들레꽃

불어오는 바람결에 실려와
아스팔트 틈새에 뿌리를 내렸다
지나는 걸음에 채이고 밟히며
홀로 손끝 내밀어 꽃잎을 피웠다

비 오는 날이면
흙탕물에 온몸이 잠기고
바람 부는 날이면
허리가 꺾이지만 오늘도
굳건히 제 자리를 지킨다

내 인생의 반백을 살아가는
하얀 민들레꽃

칼바람 불고 눈비 내려도
그 빛깔 그 향기로
흔들리지 않는 계절을 걸어간다

잊을 수 없는 친구

내겐 둘도 없는 반 백년지기
친구가 한 명 있습니다
남들이 보기엔 거칠어 보이지만
남자답고 의리 있는 친구입니다

사업이 망하고
힘든 생활 이후
연락이 끊어졌습니다

술 취한 날이면 전화를 걸어봅니다
십 년 넘게 벨이 울려도 받지 않습니다

소식이 끊기고
전화를 받지 않아도
나는 오늘도 그 친구를 생각합니다
첫사랑 그녀처럼 잊을 수가 없습니다

잘 있지 친구?

우리 집 백년목百年木

내가 태어난 옛집엔
백 년을 훌쩍 넘은 나무들이
우뚝우뚝 서 있습니다

육백여 평 남짓 넓은 터에
조상대대 수호신 당산나무 한 쌍
그 옆을 다시 지키는 향나무
담장을 따라 선 감나무들

오솔길을 따라 노랗게
빛나는 은행나무 두 그루
담장을 촘촘히 휘감는 다무락 나무,
집을 둘러싸고 있는 지붕 위
근엄한 가죽나무 다섯 그루
사방팔방 자유롭게 뻗어나간 머루나무

조상의 숨결을 담고 있는
백 년의 얼굴, 백 년의 걸음에
오늘도 조용히 경의를 표합니다

가슴에 박힌 대못

여섯 살 무렵
우리 마을에는 홀로 핀
한 송이 꽃잎 같은
네 살배기 아이가 있었습니다

부모 없는 빈자리에는
할머니의 깊은 한숨
가난이 아이 곁을 맴돌았습니다

앙상한 팔다리에
속옷마저 입지 못한 알몸
볼록한 배, 흐르는 콧물

어느 날 철없던 나는
아무런 이유도 없이 아이의 등을
힘껏 밀어 넘어뜨렸습니다
아이의 울음소리는
오래도록 잦아들지 않았습니다

시간이 흘러 어른이 된 지금도
그날의 울음소리, 그날의 기억이

가슴에 박힌 대못처럼 남아있습니다

기도를 해도, 고해성사를 해봐도
풀리지 않는 마음속의 무거운 짐

명옥아, 지금 어디서 무얼 하니?

다시 만날 수만 있다면
무릎 꿇고 사죄하고 싶습니다

무지개를 쫓아서

어린 시절
무지개를 찾아
꽃 동네 새 동네 십 리를
넘게 쫓아간 적이 있다

이 우물과 아득히 먼 저 우물을
연결했다는 말을 믿었다
우물 속에서 무지개를
보았다는 형도 있었다

자라면서 그 믿음은 점점 식어갔지만,

아직도 내 가슴속에는
무지개가 살아있다

그때 그 시절의 꿈이 살아 있다

2부

강자갈의 고독

수십 년을 굴러왔다
수십 년을 흘러왔다

이리 굴러 누가 알까
저리 흘러 누가 알까

가시밭 고행길
바람 따라 물 따라
홀로 울음 삼키며 굴러왔다

이리 채이고 저리 깨어지며
때론 거친 절벽에 살점이 깎여도
그저 둥글둥글 흘러왔다

친구도 이웃도
뿌리내릴 한끝 햇살도 없이
살얼음 바람 속을 걸어왔다

가장 낮은 곳
그곳이 강자갈의 집
강자갈의 고독

내가 꿈꾸는 세상

어둠 짙게 깔린 작업실에서
나는 꿈을 꾼다

악한 자는 벌을 받고
선한 자는 상을 받는 세상
누구에게도 피해를 주지 않고
누구도 피해받지 않는 세상

사자의 이빨이 풀잎을 뜯고
고양이와 쥐가 마주 보며 노래하고
호랑이와 토끼가 어깨동무하는 세상

그런 세상 없을까
나는 오늘도 꿈을 꾼다

온 세상 나의 어머니

나 어렸을 적
어머니 젖가슴에 얼굴을 묻고
잠들 때가 생각납니다

자식 사랑 못 잊어
죽어도 죽지 못한 어머니
너무 그립습니다

생각하면 너무 슬퍼져
눈물 마르지 않는,
나는 불효자입니다

지난여름 돌아올 수 없는
먼 길 떠나셨지만,

아직도 온 세상 나의 어머니

그립습니다
사랑합니다
미안합니다

고목나무의 사계四季

수백 년 모진 비바람
마음속 깊은 주름에
지난 세월을 새겼네

봄, 여름 긴 그늘을 내려
지친 걸음마다 쉴 곳을 내어주고
모여 앉은 따뜻한 정
오가는 이야기를 품어주던
푸르른 날의 넉넉한 하루

이제 가을빛 짙어 나뭇잎은 지고
가지 끝에 고요한 숨결만 남아 있어도,

빛나는 이마
빛나는 기상

엄동설한 불 꺼진 창마다
사랑의 온기를 뿌려주네
새봄의 희망이 되어주네

반백 년 내 친구

어린 시절 툇마루에 앉아
밤새워 모닥불을 피워가며

이야기를 해주시던 어머님이 생각납니다
손톱에 꽃물 들여 주던 누님도 그립습니다

툇마루 저만큼 돌 틈 사이
희고 붉게 피어나던 봉숭아꽃
따뜻한 손길 한번 내어준 일 없는데
해마다 그 자리에 향기롭습니다

올해도 어김없이
봉숭아꽃이 피었습니다

내년에도 제 자리를 찾아오겠지만,

혹시 못 오면 어쩌나
걱정될 때도 있습니다

나는 봉숭아꽃을 좋아하지만
어머님 생각에 눈물짓기도 합니다

한결같은 내 친구 봉숭아꽃
반백 년을 함께 걸어갑니다

별이 되어버린 사랑

오래전 옛사랑의 추억
캠퍼스 정문 앞 조그마한 찻집에서
흘러나오던 그 노래를 들으면
내 가슴에 그리움이 차오른다

내게 건네준 향수
아직도 그 향기를 잊을 수 없다
함께 찍은 사진 속 옆모습을 바라보며
오직 너만을 그리워하지만
이별 후 딱 한 번
꿈속에서 만났을 뿐

잠 못 드는 밤
별을 바라보며 너를 그려본다
저 무수한 별들 중 하나가 너였으면!

사라졌다 가끔 나타날지라도
나는 오늘도 너를 향해 날아간다

보일 듯 말 듯 피었다가
어둠 속으로 숨어버리는 꽃

이제는 별이 되어버린 사랑
어쩌다 별이 되어버린 사랑

꿈꾸는 오두막 1

무등산 끝자락에 아담하고
허름한 작업실 하나가 있습니다

그곳에는 사철 드럼 소리 기타 소리
건반 소리 노랫소리가 흘러나옵니다

밤이면 가까운 듯 먼 듯
부엉이 소리 들려옵니다
마당가 큰 바위엔 가끔 꿩들이 날고,
백 년 묵은 다섯 그루 가죽나무 위엔
작은 새들이 맑은 눈으로
나를 바라보기도 합니다

여기는 나의 작업실
별들이 마음껏 뛰어다니는
꿈꾸는 오두막입니다

꿈꾸는 오두막 2

내 고향집 대문을 들어서면
어머니가 보인다 할머니도 반긴다
시간이 멈춘 듯 허름한
부뚜막 아궁이에 온기가 돈다

꿈결같이 노래하는
집 모퉁이 졸졸졸 맑은 샘터
우리가 먹고 자란 생명의 젖줄

잠시 걸음 멈추고 바라보면
풀잎마다 찍혀있는 어린 발자국
여기는 내가 태어난 오두막이다

추억의 향기가 스며있는
나만의 쉼터

어머니 품속 같은 작은 오두막에서
나는 오래도록 노래하고 싶다

사부곡

42

태산 지붕 아래
다섯 손가락
오순도순 오 남매가
웃음꽃 피웠습니다

깨물어 안 아픈
손가락 어디 있나

자식 걱정 자식 사랑에
밤잠 설치시던
아버지

행여 바람들까
행여 눈비 내릴까

사철 방문 지키셨습니다
사철 촛불 밝히셨습니다

가슴으로 목 놓으신
큰 바위 우리 아버지

피땀 눈물 닦으셨던
회색빛 손수건

물려받은 그 사랑으로
이제 제가 촛불이 되었습니다

오묘한 나무들

충주에서 장호원 가는 길
감곡마을 스치는 산등성이에

스무 그루 서른 그루쯤
야윈 몸에 드문드문 잎을 달고
십 미터 키로 꼿꼿이 서 있다

바람 불면
툭, 부러질까
조마조마

마치 하늘 천사 마중하는 듯
마을 지키는 수호신인 듯
아니면, 방금 승천하려는 청룡?

이름도 알 수 없는 오묘한 나무들
홀로 고속도로를 달리는 나에게
말 없는 친구가 되어준다

청바지의 추억

오래전 그 형들처럼
나는 오늘도 청바지 마니아
찢어진 청바지도 즐겨 입으니
다른 바지는 어색해서 못 입겠네

샌들 신고 통기타 둘러메고
파마머리 도끼빗 뒷주머니에 꽂고
거리를 누비던 젊음이여

대학 운동장, 밤새워
열두 줄의 기타 선율에
'아니 벌써' 목청껏 떼창하던
스무 살의 한때

주전자 막걸릿집
천둥 같은 리듬에 맞춰
춤추던 기억들

피 끓던 청춘의 고동이
청바지의 추억 속에 살아있다

물방울 여행

구름 위 산봉우리
솔잎에 맺힌 이슬
똑 똑 똑 이끼 바위
틈새로 떨어진다

떨어진 이슬들은
작은 물방울이 되어
서로를 부른다

하나 둘 셋
서로 친구가 되어
고향 찾아 동행길

가는 길에
방해꾼을 만나면
굽이굽이 돌아서 가고
흙탕물을 만나면
부둥켜안고 흘러간다

이리 채이고
저리 흔들려도

그저 바다를 향해 흘러간다

한 생의 물결로
햇살 푸르른 수평선이 된다

행복한 오 남매

따스한 햇볕 창가에 기대앉으면
문득 떠오르는 오 남매 얼굴
텅 빈 마음에 그리움이 핀다

부모님 떠나신 자리
오롯이 남은 사랑의 무게

넉넉하진 않아도
서로를 보듬는 따뜻한 마음
배려와 희생으로 엮어낸
다섯 빛깔의 행복

타오르는 촛불이 되어
동생들 길 밝혀 주셨던 큰 누나
정성 모아 내게 사랑의 기타를
안겨주었던 작은 누나

수십 년 눈물과 정성으로
부모님 곁을 지켜주셨던 형님
작은 발로 그림자처럼 졸졸
따라다니던 사랑스러운 막내

어찌 잊을까,
이 모든 감사함

가슴 깊이 새겨진 당신들의 이름을

콘크리트 사랑

수백 년 전에 태어나
오늘에 이르기까지
물, 시멘트, 모래, 자갈을 만나
단단한 사랑
단단한 가족을 이루어

사람의 집을 짓는다
사람의 길을 만든다

맑은 물을 오래 마실수록
더욱 강해지는 콘크리트
불에도 타지 않는다

얼거나 과도하게 열을 받으면
금이 가고 무너져 내려
세상을 발칵 놀라게도 하지만,

철과 결합하면 튼튼해져
하늘 높은 빌딩으로 우뚝,
국가적 상징이 되기도 한다

오랜 내구성은 자연환경 보존
국가 경제에도 천문학적 기여를 한다

이 보물
이 재산을
아끼고 사랑하여
대대손손 아름다운 세상을 열어가자

깨진 소주 됫병

52

버스도 잘 다니지 않던
시골 마을

추석 명절날
아버지께 선물하려고
서울에서부터 안고 온
동네 누나의 소주 됫병

울퉁불퉁 덜컹덜컹
버스에서 내리다가 그만
안고 있던 소주 됫병을
깨뜨리고 말았다

하늘이 깜깜
온 세상이 무너졌다

해마다 추석 명절이 되면
그때 그 시절이 생각난다
동네 누나의 깨진 소주 됫병
보름달처럼 떠오른다

첫눈, 첫발자국

새벽에 누군가 지나갔다
한 줄로 찍힌 선명한 발자국

대문으로 들어와
보란 듯 앞마당을 스쳐 갔다
호랑이는 아니겠지만 제법
큰놈이고 대담한 듯하다

엄동설한 혹독한 밤
집에 있지 않고 왜 나왔을까?
새끼들 배고픔에
먹이를 구하러 왔을까?

온 세상이 눈에 덮여
아무것도 찾을 수 없을 텐데

되돌아온 흔적은 없다
이른 새벽
첫눈, 첫발자국

3부

대나무가 되고 싶다

대나무가 되고 싶다

속이 비었다고 조롱하지 마라
나는 퉁소가 되어 날아오른다

키가 크다 속없다 하지 마라
나는 수년, 땅속에서 숨을 키웠다
마디마디 강풍을 살아냈다

늙었다고 하지 마라
사계절 뜨거운 청춘이다
자르고 태워보라
일 년도 안 되어 일어선다

나는 비겁하지 않다
나약하지도 않다

곧고 푸른
대나무가 되고 싶다

왜 내게로 왔을까?

출근길, 난데없이
하얀 나비 한 마리
손등에 날아와 앉는다

나는 꽃도 나무도 아닌데
왜 날아왔지?

이제 막 세상에 나온 어린 나비인가
홀로 먼 길 가다 외로움에 지쳐
잠시 쉬어 가려는 것인가

아슬아슬 내 손등에 앉아 있으면서도
날개 찬연히 평화롭기만 하다

왜 내게로 왔을까?

나비에게
그 속마음을 묻고 싶다

어깨동무 인생

나는 어깨동무가 좋다

남녀노소 가릴 것 없이
우정을 품은 사람들과
기꺼이 나누는 어깨

사진을 찍을 때도
떼창을 하고, 발걸음을 맞출 때도
늘 함께하는 어깨동무

때로
낯선 사람들과 어깨동무하다가
눈총을 받을 때도 있지만,
그래도 나는 어깨동무가 좋다

정을 나누고
온기를 전하는 어깨동무
외롭고 고달픈 삶의 길에서
함께한다는 기쁨

이게 바로 어깨동무 인생이니까

낙락장송 위의 집

조금은 무섭지만
나무꼭대기 위에 집을 지었네
새들의 둥지처럼

바람 소리에 흔들리며
춤을 추었네
밤이면 부엉이와
노래도 하며

늘어진 긴 어깨
붉은 몸통

멀리 아침 햇살에 반짝이는
푸른 바다를 바라보면서
시를 쓰고 싶었네

낙락장송
가지 끝에서
나 홀로

어머니의 회초리

웃어야 할까 울어야 할까
어린 날의 물음 앞에
회초리는 덤덤하게 답했지

아프면 웃고
안 아프면 울라고

시간이 흘러 문득 깨닫네
어머니의 회초리가 약이었음을
설익은 날들을 다듬고 다듬어서
단단한 나를 만들었네

철없었던 어린 날
문득, 그 시절이 그리워지네
나를 돌아보게 하는
따스한 어머니의 회초리

붉은 장미 한 송이

아파트 정원 쓸쓸한 모퉁이에
붉은 장미 한 송이 피어있다

웬일인지, 비스듬히
고개를 숙이고 있다

매일 지나는 걸음에 시선을 모아본다
장미꽃도 맑은 눈으로 인사를 한다
마치 오랜 인연을 만난 듯
가슴 설레어 온다

홀로 남겨진 밤에는 외롭지 않을까
고동치는 마음을 시로 적으려 하니
괜스레 얼굴이 붉어진다

꽃잎 하나둘 떨어지는 어느 날
우리는 이별을 준비해야겠지

벌써 다시 필 봄날이 기다려진다

바보의 눈물

세상은 만만하지 않습니다
인생은 나그넷길*
정일랑 두지 말자고 했지요

나는 정이 많아
늘 상처를 받습니다

눈물도 많습니다
슬픈 드라마를 보거나
서울역 길바닥 침대를 바라볼 때도
일없이 눈물이 납니다

사나이는 세 번 이상 눈물을
흘리지 말라고 했는데,

나는 시도 때도 없이
눈물을 흘리는 바보입니다
아마 비를 품고 있는
구름을 닮았나 봅니다

세상에 평화가 오고

더 이상 슬픈 일이 없어진다 해도
내 눈물은 마르지 않을 것입니다

하지만 지금껏,
내 눈물을 본 사람은 그리 많지 않습니다

*가수 최희준의 노래 〈하숙생〉 중에서

새들의 합창

무등산자락
잠든 마을을 깨우는
새소리

가죽나무 숲속 어딘가
고요한 새벽을 여는 첫 손님
제각각 목소리를 높여 노래한다
엇박자 속 피어나는 아름다운 선율

도레미파솔라시도를 벗어난
알 수 없는 음정이지만,
자연이 빚어낸 천상의 합창

방금 잠에서 깨어난
아침 골목이 환해진다
마음속 평화로움이 길을 연다

완연한 봄날

오늘은 4월 20일
완연한 봄날

백양산이
연둣빛으로 물들었다

누가 그린 그림일까
희고 붉은 꽃잎, 꽃잎들
먼빛 수채화로 만개했다

맑은 하늘
맑은 기운이
꽃잎에 닿아

내 가슴도 한껏 봄을 앓는다
고속버스 차창 너머로
그리운 얼굴들 하나둘 스쳐간다

매미 울음소리

칠 년 어둠을 뚫고
세상 밖으로 나온
한여름 매미들

나무 기둥을 부여잡고
온몸을 떨며
울음을 쏟아낸다

절박한 노래
절박한 사랑

그들만의 소통일까
스무 박자 네 박자
어떤 놈은 반 박자

뜨거운 태양 아래
숨 막히는 울음

가을을 예고한 듯
보름간의 생애를 걸고
하늘을 향해 절규한다

가장 큰 울음소리
처음이면서 마지막인
그들만의 합창

누나표 도시락

무등산 꼭대기 오르던 날
작은누나는 새벽잠 설쳐가며
내 도시락을 준비했네

도마 위 채소 써는 소리
지글지글 프라이팬 달걀 뒤집는 소리
고소한 멸치 볶는 냄새

누나, 달걀은 도시락 바닥에 숨겨줘
세상 떠나기 전 엄마가 해주시던
엄마표 도시락을 그대로 주문했네

장불재, 입석대, 서석대, 규봉암 지나
도시락과 막걸리 두 사발로 배부르니,

산들바람 어깨 위로 가득 차오르는 행복
산자락 끝 멀리 고향마을이 보이네

이태원 라이브 카페

한여름 저녁이 물드는 시간
북적이는 거리를 지나 한적한
지하 낡은 간판 라이브 카페 닿으면
옛 추억의 멜로디가 흐른다

시원한 맥주 한 잔에
청춘들이 모여들면 더욱
짙어지는 기다림의 물결

첫 밴드의 여성 보컬이 등장한다
날아다니는 기타와 건반,
천둥 번개 몰아치는 로커의 절규가
밤의 열기를 가득 채우면 모두
한마음이 되어 떼창을 한다

음악에 취해 들썩이는 어깨
젊은 낭만이 타오르는 이태원의 밤
내 남은 생의 일부가 여기에 있다

푸른 낙엽

고요한 여름 한낮
바람 한 점 없는 허공에
매미들 목 놓아 울고 있다

가을이 오기도 전에
저 홀로 먼저 떨어져 누운
나뭇잎 하나

텀벙텀벙 절벽 강을 건너는
아프리카 얼룩말처럼
아직은 젊디젊은 숨결

바람 끝을 지나고 있다
마지막 손끝을 놓고 있다

속절없이 뛰어내린
한 아름 나무 그늘만
쓸쓸히 그 옆을 지키고 있다

그리워라 어린 시절

고즈넉한 무등산 끝자락
시골집 작은 냇가엔 아낙네들
장구 치듯 리듬에 맞춰 빨래를 한다

건너편 큰 냇가엔
하굣길 개구쟁이들
온몸에 진흙 팩 바르고 번갈아
툼벙툼벙 물속에 뛰어든다

산속 10리 길 굽이굽이
내려가면 시루떡 같은 바위
봄소풍 길에 만난
적벽강 노 젓는 외딴 절 스님

가파른 언덕길 20리
가을 소풍 날엔
부챗살 바위 아래
수도하는 규봉암 스님

그리워라
꿈 많던 어린 시절

설시암 추억

무등산 끝자락 꽃동네
내 고향 영신마을

인재가 많고
장수 마을로
이름이 높던 곳

이율곡 선생도
반했다는 설시암
눈같이 맑은 물에
내 꿈도 피어났네

애야, 물 떠오너라

육백 년 낡은 돌담
담쟁이넝쿨 길 돌고 돌아
주전자 가득 물을 긷던 시간

무거운 주전자 이 팔,
저 팔 번갈아 옮겨가며
대문 앞에 다다르면,

어머니의 밝은 웃음소리

그 웃음소리
설시암 추억 속에
아직도 푸르르다

SNS에서 만난 사람들

당신을 초대합니다

가끔 나를 불러주는 사람들이 있다
그곳엔 그들만의
세상이 어우러져 있다

시를 쓰는 사람 노래를 하는 사람
노래를 만드는 사람 그림을 그리는 사람
악기를 연주하는 사람

검은 머리 푸른 눈
하얀 머리 갈색 눈
세계의 소리들이 다 모여 있다

오래 손잡고 있는 친구들
방금 이별한 사람들
기쁘고 슬프고 외로운
걸음, 걸음들

할 말 많은 사람들이 다 모였다

이런, 꽃뱀 사기꾼도 들어왔네
그래도 만났으니 인사는 나눠야지?

오늘도
초대해 주셔서 고맙습니다

바람과 나무

블루스 음악에 맞춰
살랑살랑 춤추는
연둣빛 봄나무

레게 리듬에
흐느적 흐느적
여름 버드나무

브레이크 댄스
배틀하듯 낙엽 뒹구는
가을 나무

엄동설한 때아닌 폭풍에
록커처럼 허리 부러져라
소리 내며 춤을 추는
겨울 대나무

4부

연리지 단상

나에겐 부러운 것이 하나 있다
완전한 사랑, 완전체에 대한 그리움

길가 숲속을 거닐다가
문득 하나가 된 나무를 만나면
나도 모르게 발길 멈추어진다

잔잔한 가슴속 소용돌이
봄꽃같이 설레는 걸음

그러다, 어느 한 곳
미세한 틈새가 보이면
왠지 슬퍼진다

완전한 동그라미는 없는 것일까
완전체의 사랑은 없는 것일까

오늘도
숲길을 걸으며
물음을 던지고 또 던진다

나의 소망

나의 소망은
아름다운 노래를
만드는 것

나의 소망은
마음에 닿는
시를 쓰는 것

하지만 나의 소망은
언제나 손닿지 않는
먼 우주

오늘도 꿈속에서
나는 나의 소망을 걷는다

부자가 된 하루

아침 9시 5분
과천정보과학도서관에 도착
삼십칠만 권의 책이 나를 반긴다

누가 이 지혜를 다 엮었을까?

문학, 예술, 철학, 사회과학, 의학, 종교
이 수많은 시간과 다채로운 생각들을
배우고 익히는 것은 우리들의 몫

운 좋게도
늘 바라던 자리
좋아하는 자리를 차지한다
하지만 누가 앉으면 어떠랴

시 한 편의 고뇌와
시 한 편의 기쁨이
곧 나를 찾아올 텐데

아니, 찾아주려나?

오늘은
나 혼자만의 부자가 되어
온종일 햇살 창가를 서성인다

길에서 만난 한 사람

1970년대 중학 시절
목포 도깨비시장을 누비던 젊은 거지를
어느 무더운 여름날
광주 여객 대합실에서 만났습니다

목포에서 광주까지
이국만리 먹이를 찾아
홀로 날아온 기러기 같았습니다

문득, 반가운 마음에
안녕하세요, 인사를 하니
멀거니 나를 쳐다봅니다

목포에서 만났어요,
재차 말을 건넸지만
또 말없이 쳐다만 봅니다

찰나를 스치는 생각,
주머니에서 삼십 원을 꺼내
가만히 손에 놓아주었습니다

이번에는 고맙다는 말 대신
먼 하늘을 바라봅니다

반백 년이 지나도
그때 그 모습 선명합니다

풀리지 않는 수수께끼를 품은 듯
오늘도 내게 말 없는 말을 던져주는,
목포에서 광주까지 외기러기 그 사람

청보리밭에서

두 팔 벌려 쓰러지고 싶은
눈부신 오월의 들판
온몸 감싸 안는 물결, 물결
젖먹이 엄마의 품속 같다

바다인 듯 하늘인 듯
검푸른 청보리의 숨결

그 속을 걷다 보면
내 젊음의 한때가 타오른다
말없이 걷는 너와 나의
아주 작은 걸음들

나는 알 수 있다네
두 손을 낀 손가락 사이의 침묵이
얼마나 아름다운 약속인지

실바람에 쉼 없이 달려오고
달려가는 청보리의 노래가
얼마나 아름다운 속삭임인지
나는 알 수 있다네

건설인의 땀

오늘도 안전하게, 가족을 위해!

이른 새벽 출근길
안전화 끈 동여매고
안전모 턱끈 견고히 조이며
우렁찬 함성으로
하루를 시작한다

공사 현장의 화려한 화음
망치 소리, 철근 내리는 소리
콘크리트 타설 소리
끝없는 안전관리자의 잔소리까지

내가 안전하면
그것이 곧 가족의 행복

오늘도 보람찬 하루
내일을 향해 도약한다

춤추는 배롱나무

아파트 정원에
배롱나무 줄지어 서 있다
강강술래 하듯 둥글게 손을 잡고
춤을 추고 있다

파릇파릇 잎을 보이는가 싶더니
어느새 온몸으로 가을을 준비한다

세 번 피고 지면
햅쌀밥을 먹는다는데
딩동, 가을 단풍을 전해준다

바닥에 떨어진 단풍잎들
미처 붉은 빛 가시기도 전에
미화원이 바삐 쓸어 가버린다

한겨울 칼바람에 앙상한 가지들은
스무 살 처녀 총각처럼 춤을 춘다
부끄러운 줄도 모르고
벌거벗은 맨몸으로 춤을 춘다

추위도 잊은 채
겨울 날고 겨울을 내리는
청춘이 아름답다

그 틈에 슬쩍 끼어
나도 함께 놀아본다

외로운 비단 붕어

아파트 작은 연못에 큰 비단 붕어
두 마리가 살고 있었습니다
매일 어린아이들과 눈 맞춤하며
귀여움을 독차지했지요

어느 날
한 마리가 보이지 않았습니다
만난 지 2년 만에 짝을 잃었습니다
남은 한 마리는 십 년간 좁은 연못을
혼자 떠돌고 있습니다

고양이가 온종일 연못 주변을
어슬렁거리고 있습니다
어떤 날은 황새가 바위에 앉아
붕어를 노려보고 있습니다

아이들은 붕어가 보이지 않을 때면
숙제도 미뤄놓고 연못가를 서성입니다
붕어는 풀잎 사이에 꼭꼭 숨었나 봅니다

겨울이 되자, 비단 붕어는

바위틈에 집을 지었습니다
꽁꽁 언 물밑 세상은 안전합니다

꽃피는 봄날에는 다시 만날 수 있겠지요?

세배가던 길

눈 쌓인 적막한 겨울 새벽
흰 두루마기 단정히 차려입으신
작은할아버지가 대문에서 크게 부르신다

비몽사몽 눈 비비며 일어나
얼음물에 고양이 세수하고
구불구불 산길 마을 길 걸어,

새해 복 많이 받으세요
증조할아버지께 세배를 드린다
갓망건 쓰고 근엄하게 앉아계신
증조할아버지는 하얀 수염 쓰다듬으시며
새해 덕담을 나눠주신다

음력 정월 초하루
꽁꽁 언 새벽 세배가던 길
아직도 그리운 풍경으로 남아있다
새해 덕담, 새길의 희망이 피어있다

지하철 플랫폼에서

무슨 할 말이 그리 많은지
무엇이 그리 좋은지
연신 주고받는 이야기
하얗게 피어나는 함박웃음

세상에는
돈 욕심에 찌든 사람
권력욕에 숨 가쁜 사람도 많은데
세상 부러울 것 없이 웃고 있다

욕심이 없으니
세상이 넉넉하다

지하철 플랫폼에서 만난 두 사람

안 보이는 두 눈으로
더 밝은 세상을 꿈꾸고 있다

새복 여시*

유년 시절
매일 새벽에 깨어나는 나를
어머니는 새복 여시라고 불렀다

내겐 늦잠이란 없다
어릴 때도, 커서도
어른이 된 지금도
늦잠은 없다

어머니가 붙여준 그 이름
새복 여시!

나는 오늘도
어김없이 새벽을 걷는다

*새복 여시: '새벽 여우'라는 전라도 사투리

한여름 도서관

한여름 무더위 속
느닷없이 북적이는 도서관
손마다 시원한 아이스 아메리카노
더위는 저만큼 멀어진다

더위를 피해 나온
펜 소리, 책 넘기는 소리, 코 고는 소리
도서관 한가운데 자리 잡은
80대 노부부의 다정한 대화

여보, 세 시 되면 집에 가세
유난히 큰 목소리는 세월 따라
무디어진 귀 때문이겠지

더위를 식혀주는 한여름 도서관
오늘도 조용조용 가만가만
여름 한 철의 이야기가 익어간다

우리 집 뜨락의 잡초

참 아름답다
참 보기 좋다

빨강, 노랑, 파랑, 하양, 보라
키가 큰 녀석 작은 녀석
예쁜 놈 미운 놈
넓고 좁은 잎사귀들
가시 달린 가지 매끈한 몸통

봄이면 함께 싹을 틔우고
여름엔 그늘이 되어주고
가을엔 잎을 떨어내고
겨울엔 손 맞잡고
겨울잠을 잔다

서로 안아주고 끌어주며
어우러져 잘도 살아간다
한 치의 엉킴도 없이
오순도순 모여 앉아
봄, 여름 가을 겨울을 살아간다

세상은 흑인과 백인
남녀노소, 좌파 우파
가진 자와 없는 자
헐뜯고 약탈하며
바람 잘 날 없다

우리 집 뜨락의 잡초처럼
너와 나 우리, 온 세상이
평화로울 수는 없을까

길섶에 홀로 핀 장미

길섶에 홀로 핀 장미

유난히도 붉다
유난히도 곱다

연둣빛 오월
오가는 사람들의 눈길과 사랑
햇살 속에 찬연하다

계절이 지는 길목에서
조금씩 붉은 옷깃 바래어 가도
그 향기 그대로 아름답다

무성한 잡초에 가려져
쳐다보는 이 하나 없어도,

장미, 너는 내 마음속
영원한 생명이다

외로움이 좋아

그대는 아는가
뼛속까지 스며드는 외로움
외로운 사람을

돌아보면, 모진 세월 속
숱한 고생, 숱한 상념
강물 같은 눈물

아무도 보지 못했다
넘실대는 술잔에
고독을 타서 마시는 사람

세월은 제 걸음대로 흘러
이제 인생의 끝자락

친구는 하나둘 멀어지고
문득, 마주하는
텅 빈 나와 텅 빈 하루

그래도 나는 외로움이 좋아

어느 풍경 속의 이야기

교회도 수도원도 있습니다

창문 너머
보일 듯 말 듯
아득히 멀고도 가까운
지평선

구름 흐르는
낮은 굴뚝 사이로
저녁 향기 노을빛으로
스며듭니다

스무 살
능수버들 두 그루

하나는 흐느끼듯
바람을 타고
하나는 인사하듯
겸손히 다가옵니다

저만큼 절벽을 끼고

어디론가 홀연히 사라지는
회색빛 자동차

물결 무늬 바다는
오늘도 푸르른
풍경 속의 이야기를
철썩입니다

바람 같은 그대

잡으려 하면
더 멀어지는 그대

마음껏 그저 흘러가소서
미련 없이 떠나가소서

푸른 하늘 저 멀리
자유로이 날고 있는 새처럼
나는 나만의 길을 가리니,
그대는 그냥 가던 길을 가소서

어리석은 세월이여
더 이상 붙잡지 않을 테니
그대는 그대의 길을 가소서

해설

생의 발자취,
그 지난한 생명의 언어

—김성조(시인·문학평론가)

생의 발자취, 그 지난한 생명의 언어

—김성조(시인·문학평론가)

1.

우리는 때로 자기가 사는 세상이 전부라고 생각한다. 그 세상이 고요의 형식을 띠고 있든, 거친 풍랑을 품고 있든 그 현실적 파장 속에서 살아간다. 따라서 자칫, 일상적 타성에 젖어 나와 내 주변을 돌아보지 못하는 경우가 왕왕 있다. 특히, 내 주변의 여러 정황에 대해서는 보다 무관심하게 스쳐 지나기도 한다. 이런 점에서, 나와 세계, 나와 우리를 둘러싸고 있는 관계성의 흐름을 면밀하게 들여다보는 과정은 대단히 중요하다. 이는 나 자신은 물론 내 밖의 세계를 편견 없이 인식하고 수용하는 긴밀한 징검다리가 될 것이기 때문이다.

양동일 시인의 첫 시집 『강자갈의 고독』에는 나를 성찰하고 주변을 돌아보는 다양한 형식의 시적 목소리가 내장되어 있다. '생의 발자취'로 표상하는 긴 시간적 거리와 이를 수반하는 이야기적 배경이 그것이다. 이러한 시간적 거리와 이야기적 배경은 대부분 과거의 경험적 시간을 주축으로 하는 내외적 파장이라고 할 수 있다. 이른바 걸어온 삶의 발자취들이 시적/정서적 흐름을 주도하는 특징적 배경으로 등장하는 것이다. 더 내밀하게 들여다보면, 현재 시점에서 과거, 과거에서 다시 현재로의 이동을 거듭하는 시적 진폭을 보여준다.

양동일 시인의 경우, 고향을 배경으로 한 유년의 한때와 청소년기, 이후 '반백 년'의 시간이 지난 오늘날까지 이어진다. 이러한 시간적 배경은 내가 살아왔고, 살아가고 있고, 또 살아가야 할 '발자취'에 닿아있다. 따라서 지난 경험적 시간은 단지 과거에 국한되지 않고, 오늘을 일깨우는 가장 적극적인 사유 영역이 된다. 곧, "모진 세월 속 / 숱한 고생, 숱한 상념 / 강물 같은 눈물"(「외로움이 좋아」)의 삶이 여기에 있다. "세상의 빛이 열리기를 / 평화의 노래가 피어나기를"(「한 방울 남은 땀」) 염원하는 '빛'과 '평화'의 세계 또한 이러한 시적 사유와 연계되어 있다. '평화'는 지난한 삶을 극복하는 가장 절실한 꿈의 영역이면서 그 '생명'의 언어가 된다.

2.

시인의 시선에서 보면, 시집 『강자갈의 고독』은 한 생의 발자취를 돌아보는 긴 여정이라고 할 수 있다. 따라서 이에 상응하는 많은 이야기적 요소가 함유되어 있다. 시집의 전체 내용을 살펴보면, 이러한 이야기적 배경은 크게 세 개의 단계로 나누어 볼 수 있을 것 같다. 먼저, 현재 시점에서 자아를 일깨우고 오늘을 자각하는 자아 인식의 세계를 들 수 있다. 다음은, 과거 회상의 시간 즉, '고향' 이미지를 통해 생성되는 부모님에 대한 그리움, 형제애를 돌아보는 단계가 있다. 마지막은, 과거로 향했던 시적 시선을 다시 현재로 이동시켜 삶에 대한 전반적인 성찰과 나를 돌아보는 현실 인식의 구도에 닿아있다. 여기서는, 제시된 순서대로 시인의 내적 목소리에 귀 기울여보기로 한다.

바닷가 척박한 바위틈에
뿌리를 내린 해초
밤마다 파도 소리에 귀를 열고
바다 저 너머의 세상을 듣는다

매일 소금기에 절여지고
돌 조각 굴 껍질이 칼날처럼 번뜩여도
제 자리를 떠나지 않는다

세상과 멀어진
고독한 나그네의 옷깃

그대는 아는가
흙 한 톨 없는 바람의 땅
거친 돌 틈을 걷고 있는
해초의 푸른 꿈을
　　　　—「해초의 푸른 꿈」 전문

'해초'는 여느 식물들과는 달리 그 생장 여건이 대단히 척박하다. 위 시에서의 '해초'는 "바닷가 척박한 바위틈에

/ 뿌리를 내린 해초", "매일 소금기에 절여지고 / 돌 조각 굴 껍질이 칼날처럼 번뜩여도", "흙 한 톨 없는 바람의 땅 / 거친 돌 틈을 걷고 있는" 등으로 표상된다. 이는 걸어 온 시간과 처해 있는 상황이 고난과 시련을 내포하고 있음을 나타낸다. '흙'에 뿌리를 내린 것이 아니라, "바닷가 척박한 바위틈"에 생명줄을 두고 있는 것에서부터 특징적 삶의 일면이 드러난다. '바위틈'은 일반적인 공간 형식과는 거리가 먼 고립의 형식을 띠고 있다. 따라서 끊임없는 생존의 위기와 함께 '고독'의 무게까지 감내해야 한다.

"세상과 멀어진 / 고독한 나그네의 옷깃"에서 그 내적 목소리를 읽을 수 있다. 그럼에도 여기서 더 크게 울림을 던져주는 것은 '해초'의 강인한 생명력에 있을 것이다. '해초'는 척박한 환경 속에서도 자기 존재를 확고하게 각인시킨다. "밤마다 파도 소리에 귀를 열고 / 바다 저 너머의 세상을 듣는다"에서 생동하는 숨소리를 엿볼 수 있다. "바다 저 너머의 세상"은 여기가 아닌 저곳에 대한 열망이면서 또한 생에 대한 의지의 한 척도가 된다. '해초'가 품고 있는 '꿈'의 세계는 그 연장선상에서 발현되는 자아실현의 지점이 된다.

이런 점에서 "해초의 푸른 꿈"은 '해초'가 안고 있는 모든 불합리한 조건들을 뛰어넘을 수 있는 극복 기제가 된다. "제 자리를 떠나지 않는다"는 이러한 의지를 뒷받침하는 시적 배경이 될 것이다. 서 있는 자리가 아무리 절박하고 척박해도 결코 그 '자리'를 떠나거나 비관하지 않는다는 것이 그 이면에 깔려있다. "제 자리를 떠나지 않"음은 현실에 순응하는 것이 아니라, 현실을 극복하기 위한 적극적인 몸짓에 해당하기 때문이다. 꿈의 실현 혹은 자기 도약의 강렬한 열망이 이를 반영한다. 위 시편은 자아 인식, 존재 확인, 극복 의지 등이 '해초'와, '푸른 꿈'의 상징을 통해 명료하게 드러난다는 점에서 의미가 있다.

차가운 베게 위에
젖어 드는 눈물 자국

아무도 모르게
내 심장이 운다

젊은 날,
치열한 삶의 전장 속
수없이 깨지고 엎어져도
다시 일어섰지
비틀거리는 두 다리로
기어코 버텨냈지

불의와의 싸움, 협객의 멍에
이제 무거운 짐 내려놓고 싶다

거친 폭풍우 지나간 자리엔
무지개도 태양도 보이지 않는다

상처투성이 몸
성한 곳 하나 없다

이젠 쉴 수 있을까
지친 어깨 내려놓을 수 있을까
　　　―「심장의 눈물」 전문

　‘눈물’은 양동일 시세계를 구성하는 중요한 의미요소가 된다. 또한 시적 색채를 생성하는 내적 정서의 흐름이 되기도 한다. ‘눈물’ 속에는 거친 바람 속을 걸어온 삶의 발자취와 그만의 독특한 삶의 형식이 내장되어 있기 때문이다. “나는 시도 때도 없이 / 눈물을 흘리는 바보입니다 / 아마 비를 품고 있는 / 구름을 닮았나 봅니다”(「바보의 눈물」)에서도 이러한 시적 배경을 엿볼 수 있다. ‘눈물’ 이미지는 시편 속에 직접 언급되기도 하고, 그 이면에 숨어서 ‘눈물’의 내적 파장을 불러들이기도 한다. 특징적인 것은, 이러한 ‘눈물’이 누구도 알지 못하는 나만의 울음이라는 특징을 안고 있다는 것이다.
　“차가운 베게 위에 / 젖어 드는 눈물 자국 // 아무도 모르게 / 내 심장이 운다”에서의 ‘눈물’도 이러한 맥락에 닿아있다. 제목 「심장의 눈물」에서 이미 그 배경이 드러나고 있지만, ‘심장’과 ‘눈물’은 ‘나’를 가로지르는 가장 핵심적인 영역이다. “아무도 모르게” 혼자 흘리는 ‘눈물’은 그 슬픔의 강도가 더욱 깊고 내밀할 것이다. 그럼에도 이러한 눈물의 시간은 아무도 모르고 또, 알 수도 없는 채로 흘러간다. 시인은 이러한 ‘눈물’의 배경으로 “젊은 날, 치열한 삶의 전장 속”을 일깨우고 있다. 이는 “수없이 깨지고 엎어져도 / 다시 일어섰지 / 비틀거리는 두 다리로

/ 기어코 버텨냈지”의 상황과 연결된다. “다시 일어섰지”, “기어코 버텨냈지”에서 극단의 고통과 극단의 의지를 읽을 수 있다.

　시인은 이제 그 고통의 시간이 던져준 크나큰 무게를 내려놓고자 한다. “불의와의 싸움, 협객의 멍에 / 이제 무거운 짐 내려놓고 싶다”가 그 첫 번째라면, “거친 폭풍우 지나간 자리엔 / 무지개도 태양도 보이지 않는다”라는 허무적 심연이 그 두 번째이다. 걸어온 시간은 치열하고 처절한 ‘전장’의 연속이었지만, 남은 것은 “상처투성이 몸 / 성한 곳 하나 없다”로 종결된다. “이젠 쉴 수 있을까 / 지친 어깨 내려놓을 수 있을까”라는 물음이 보다 절실하게 다가오는 이유가 여기에 있다. 이러한 물음은 그 누구도 아닌 자기 자신에게 던지는 물음이라는 것을 우리는 잘 알고 있다.

　　수십 년을 굴러왔다
　　수십 년을 흘러왔다

　　이리 굴러 누가 알까
　　저리 흘러 누가 알까

　　가시밭 고행길
　　바람 따라 물 따라
　　홀로 울음 삼키며 굴러왔다

　　이리 채이고 저리 깨어지며

때론 거친 절벽에 살점이 깎여도
그저 둥글둥글 흘러왔다

친구도 이웃도
뿌리내릴 한끝 햇살도 없이
살얼음 바람 속을 걸어왔다

가장 낮은 곳
그곳이 강자갈의 집
강자갈의 고독
　　　—「강자갈의 고독」 전문

　표제 시 「강자갈의 고독」에는 양동일 시인의 걸어온 삶
의 시간과 그 시간을 돌아보는 내적 시선이 함축되어 있
다. 밖으로 표출하지 못한 혹은, 말할 수 없었던 많은 이
야기적 배경을 특징적으로 의미화하고 있다. 내적 정서
속에 각인된 고난의 시간과 그 시간 속에 새겨져 있는 슬
픔과 눈물의 발자취가 여기에 있다. '강자갈'은 시인의 지
난 삶의 여정을 표상하는 상징 이미지에 해당한다. 이러
한 상징 이미지는 앞서 살펴본 「해초의 푸른 꿈」과 「심장
의 눈물」에서의 '해초', '눈물' 이미지와 긴밀히 맞닿아 있
다. 따라서 양동일 시인의 '생의 발자취'를 두루 아우르고
포섭하는 시편이라고 할 수 있다.
　"수십 년을 굴러왔다 / 수십 년을 흘러왔다"에서 그 발
자취가 내장하는 시간적 거리를 짐작해 볼 수 있다. '수
십 년'은 오랜 세월 물결에 깎이고 깎여서 '강자갈'이 되

기까지의 시간을 의미한다. 이러한 시간 속에는 "가시밭 고행길", "이리 채이고 저리 깨어지"는 거칠고 지난한 삶이 담겨 있다. 특징적인 것은, "이리 굴러 누가 알까 / 저리 흘러 누가 알까"라는 물음이 전제되고 있다는 것이다. 이는 '눈물' 이미지에서와 마찬가지로 누구도 알지 못하는 혼자만의 아픔이라는 암시가 된다. "홀로 울음 삼키며 굴러왔다", "그저 둥글둥글 흘러왔다", "살얼음 바람 속을 걸어왔다"에서도 '홀로'의 '고행길'이 제시되고 있다.

"강자갈의 고독"에는 '강자갈'의 삶의 발자취와 함께 '고독'이 깊이 관여하고 있다. '고독'은 '울음', '거친 절벽', '살얼음 바람 속'과 연결되어 있다. 여기에는 '수십 년'의 시간과 "누가 알까"의 소외와 외로움이 응집되어 있다. 나와 세계 사이에는 일정 거리가 주어져 있고, 그 거리만큼의 단절이 개입해 있다. 이른바 마음을 열 수 있는 상호 관계성의 흔적이 드러나지 않는 것이다. 따라서 "강자갈의 고독"은 쉽게 풀릴 수 없는 어둠을 내장할 수밖에 없다. '강자갈'의 시간은 시인의 시간이다. '강자갈'의 고독은 곧 시인의 '고독'이다. 거기에 삶이 있고, 거칠고 지난한 계곡마다 삶을 추동하는 '생명'이 있다. 시인은 '강자갈'의 이미지를 통해 삶과 그 '고독'의 무게를 직시하고 사유하면서 매 순간 뜨겁게 자기 존재를 확인한다.

3.

고즈넉한 무등산 끝자락
시골집 작은 냇가엔 아낙네들
장구 치듯 리듬에 맞춰 빨래를 한다

건너편 큰 냇가엔
하굣길 개구쟁이들
온몸에 진흙 팩 바르고 번갈아
툼벙툼벙 물속에 뛰어든다

산속 10리 길 굽이굽이
내려가면 시루떡 같은 바위
봄소풍 길에 만난
적벽강 노 젓는 외딴 절 스님

가파른 언덕길 20리
가을소풍 날엔
부챗살 바위 아래
수도하는 규봉암 스님

그리워라
꿈 많던 어린 시절
　　　　—「그리워라 어린 시절」 전문

앞서 제2장에서 살펴본 시편들이 현재 시점에서 자아를 일깨우고 있었다면, 제3장에서 살펴볼 시편들은 대부분 과거 회상의 형식에 닿아있다. 특히, 과거 회상 속의 고향, 부모, 형제, 어린 날의 모습 등이 지배적으로 등장한다. '고향'은 유년의 추억과 아버지, 어머니, 형제들의 숨결이 깃들어 있는 곳이다. 먼저, "고즈넉한 무등산 끝자락"을 제시하면서 '생명'의 태동인 고향의 풍경을 그려낸다. "시골집 작은 냇가"에서 '빨래'하는 '아낙네들', "건너편 큰 냇가"에서 "툼벙툼벙 물속에 뛰어"드는 "하굣길 개구쟁이들", "적벽강 노 젓는 외딴 절 스님", "수도하는 규봉암 스님", '봄소풍', '가을소풍' 등의 정경이 그 속에 있다.

양동일 시인에게 '어린 시절'의 추억들은 도시적 삶에서 체득되는 단절의 시간이 아니라, 따뜻하게 마음을 열어주는 희망의 시간으로 다가온다. "아직도 내 가슴속에는 / 무지개가 살아있다 // 그때 그 시절의 꿈이 살아 있다"(「무지개를 쫓아서」)에서 생성되는 '무지개'에 대한 '꿈'의 영역도 이러한 배경 속에서 발현된다. 내면에 깊이 감추어져 있던 눈물'과 '고독'의 시간은 '고향' 이미지를 통해 치유되고 정립된다. 삶의 발자취에서 오는 상처받은 내적 심연이 "꿈 많던 어린 시절"의 풍경을 통해 그 치유의 통로를 마련하게 되는 것이다.

　　나 어렸을 적
　　어머니 젖가슴에 얼굴을 묻고
　　잠들 때가 생각납니다

자식 사랑 못 잊어
죽어도 죽지 못한 어머니
너무 그립습니다

생각하면 너무 슬퍼져
눈물 마르지 않는,
나는 불효자입니다

지난여름 돌아올 수 없는
먼 길 떠나셨지만,

아직도 온 세상 나의 어머니

그립습니다
사랑합니다
미안합니다
　　　　　—「온 세상 나의 어머니」 전문

　위 시편 「온 세상 나의 어머니」는 "지난여름 돌아올 수
없는 / 먼 길 떠나"신 '어머니'에 대한 그리움을 담고 있
다. '어머니'는 "자식 사랑 못 잊어 / 죽어도 죽지 못한 어
머니"로 시인의 내적 정서 속에 각인되어 있다. 이러한 '어
머니'에 대한 그리움은 "나 어렸을 적 / 어머니 젖가슴에
얼굴을 묻고 / 잠들 때가 생각납니다"로 시작해서 "나는
불효자입니다"까지 이어진다. "나는 불효자입니다"는 후
회와 반성을 동반한 '눈물'의 원천이 된다. "그립습니다 /

사랑합니다 / 미안합니다"는 이러한 배경을 뒷받침하는 의미적 흐름이 된다.

"나 어렸을 적"은 그리움을 동반한 꿈의 시간이다. 그 중심에 '어머니'가 있다. 이는 앞서 살펴본 「그리워라 어린 시절」에서와 마찬가지로 '어린 시절'이라는 특정 시간이 매개되어 있다. '나 어렸을 적', '어린 시절'은 세상 속에서의 외로움과는 달리 사랑을 열어주는 시간이면서 가족적 관계성이 주어지는 시간이다. 양동일 시인에게 '어머니'는 "나 어렸을 적"을 일깨우는 그리움의 대상이면서 한편으로, 자신을 돌아보는 '불효자'의 '눈물'이 되기도 한다. 따라서 '어머니'는 돌아가셨지만, "아직도 온 세상 나의 어머니"로 시인의 가슴 속에 살아 숨 쉬고 있다.

고향, 부모 형제를 시적 소재로 한 작품들은 많은 시편에서 발견된다. "자식 걱정 자식 사랑에 / 밤잠 설치시던 / 아버지"(「사부곡」), "부모님 떠나신 자리 / 오롯이 남은 사랑의 무게"(「행복한 오남매」) 등의 시편들이 여기에 해당한다. 이 시편들 외에도 「영신마을 예찬」, 「어머니의 회초리」, 「누나표 도시락」, 「설시암 추억」 등의 작품들도 '고향'을 매개로 한 시편들이다. 이러한 작품들은 고향, 아버지, 어머니, 형제애에 대한 애틋한 심연을 담고 있다는 공통점을 가지고 있다.

①

무등산 끝자락에 아담하고
허름한 작업실 하나가 있습니다

그곳에는 사철 드럼 소리 기타 소리
건반 소리 노랫소리가 흘러나옵니다
            ―「꿈꾸는 오두막 1」 부분

②

잠시 걸음 멈추고 바라보면
풀잎마다 찍혀있는 어린 발자국
여기는 내가 태어난 오두막이다

추억의 향기가 스며있는
나만의 쉼터

어머니 품속 같은 작은 오두막에서
나는 오래도록 노래하고 싶다
            ―「꿈꾸는 오두막 2」 부분

　연작시 「꿈꾸는 오두막 1」, 「꿈꾸는 오두막 2」는 '고
향'과 '어린 시절'이 그 중심 배경이 되고 있다. 시인은
"무등산 끝자락에 아담하고 / 허름한 작업실 하나가 있
습니다", "사철 드럼 소리 기타 소리 / 건반 소리 노랫소
리가 흘러나옵니다"로 그 풍경을 열어놓는다. 이러한 공
간적 / 시간적 배경은 "풀잎마다 찍혀있는 어린 발자국 /
여기는 내가 태어난 오두막이다"로 그 구체적 내력을 드
러낸다. "추억의 향기가 스며있는 / 나만의 쉼터"에서 엿
볼 수 있듯이, "꿈꾸는 오두막"은 유년, 소년기를 거쳐 지
금까지 이어지고 있음을 알 수 있다. 이 공간은 시인이

음악 작업을 하는 작업 공간이다. 따라서 오랜 꿈의 공간
이면서 잃어버린 자아를 회복하는 자기 수련의 공간이라
고 할 수 있다. 또한, "나만의 쉼터", 지친 걸음을 쉬어가
는 일종의 휴식 공간이 되기도 한다.

> 어둠 짙게 깔린 작업실에서
> 나는 꿈을 꾼다
>
> 악한 자는 벌을 받고
> 선한 자는 상을 받는 세상
> 누구에게도 피해를 주지 않고
> 누구도 피해받지 않는 세상
>
> 사자의 이빨이 풀잎을 뜯고
> 고양이와 쥐가 마주 보며 노래하고
> 호랑이와 토끼가 어깨동무하는 세상
>
> 그런 세상 없을까
> 나는 오늘도 꿈을 꾼다
> —「내가 꿈꾸는 세상」 전문

"내가 꿈꾸는 세상"은 현실적 모순과 그 대응 방향을
모색하고 있다는 점에서 중요하다. 이 시편에는 고향 이
미지에서 발현되는 사랑의 색채와는 달리, 그 대립적 위치
에서 체감되는 현실적 상황들이 묘사되고 있다. "악한 자
는 벌을 받고 / 선한 자는 상을 받는 세상 / 누구에게도

피해를 주지 않고 / 누구도 피해받지 않는 세상" 등에서
그 실마리를 찾을 수 있다. 우리가 걸어가고 있는 세상
은 불의와 불협화음 속에 노출되어 있다. 시인은 '사자',
'고양이', '호랑이'가 "풀잎을 뜯고", "마주 보며 노래하고",
"어깨동무하는 세상"을 꿈꾼다. "그런 세상 없을까 / 나
는 오늘도 꿈을 꾼다"에서 긍정적인 방향성을 찾아가고
자 하는 시적 열망을 읽을 수 있다. 공정하고 공평한 세
상, 폭력적 위압이 없는 평등과 화합의 세계를 꿈꾸는 것
은 여기서부터 시작된다.

참 아름답다
참 보기 좋다

빨강, 노랑, 파랑, 하양, 보라
키가 큰 녀석 작은 녀석
예쁜 놈 미운 놈
넓고 좁은 잎사귀들
가시 달린 가지 매끈한 몸통

봄이면 함께 싹을 틔우고
여름엔 그늘이 되어주고
가을엔 잎을 떨어내고
겨울엔 손 맞잡고
겨울잠을 잔다

서로 안아주고 끌어주며

어우러져 잘도 살아간다
한 치의 엉킴도 없이
오순도순 모여 앉아
봄, 여름 가을 겨울을 살아간다

세상은 흑인과 백인
남녀노소, 좌파 우파
가진 자와 없는 자
헐뜯고 약탈하며
바람 잘 날 없다

우리 집 뜨락의 잡초처럼
너와 나 우리, 온 세상이
평화로울 수는 없을까
　　　―「우리 집 뜨락의 잡초」 전문

앞서 "내가 꿈꾸는 세상"에서 발현되던 꿈의 세계는 위 시를 통해 그 구체적 대안을 마련하게 된다. 삶의 공간에서 봉착하게 되는 여러 부조리한 정황들을 "우리 집 뜨락의 잡초"를 통해 극복의 가능성과 새로운 방향성을 모색하게 되는 것이다. '고향' 이미지에서 그려지는 공간적 / 시간적 구도와 현실 공간의 풍경은 상당한 거리를 지닌다. '고향' 이미지가 사랑과 연연한 그리움을 동반하고 있다면, 현실 공간은 그 대립적 위치에서 '눈물'과 '고독'의 공간으로 나타난다. 긍정적인 세계를 구현하고자 하는 열망은 이러한 배경 속에서 발현된다.

　"참 아름답다 / 참 보기 좋다"로 시작되는 위 시편은 '잡초'가 중심 이미지로 떠오른다. 여기서 '잡초'는 독립적 존재가 아니라, '우리 집 뜨락'과 상호 관계성 속에서 그만의 아름다운 풍경을 생성한다. "우리 집 뜨락의 잡초"는 "키가 큰 녀석 작은 녀석 / 예쁜 놈 미운 놈 / 넓고 좁은 잎사귀들 / 가시 달린 가지 매끈한 몸통" 등 각자의 특징을 고수하고 있다. 그럼에도 여기에는 누구도 앞서거나 뒤처지는 불균형의 잡음이 없다. "봄이면 함께 싹을 틔우고", "서로 안아주고 끌어주며 / 어우러져 잘도 살아간다." 일정한 질서 속에서 서로를 품어주고 이끌어 주며 화합과 평화, 조화로운 한 뜰의 세상을 열고 있다.

　반면, 인간 세상은 "가진 자와 없는 자 / 헐뜯고 약탈하며 / 바람 잘 날 없다." '잡초'의 생태와 인간 삶의 현장이 선명하게 대비되는 지점이다. 따라서 비판과 반성의 목소리가 대두될 수밖에 없다. 시인은 '잡초'의 아름답고 보기 좋은 풍경처럼 "너와 나 우리, 온 세상"이 평화롭게 살아가기를 염원한다. "우리 집 뜨락의 잡초"를 통해 구체화하고자 하는 가장 큰 기제는 '평화'이다. '평화'는 나와 너, 나와 세계를 아우르는 소통의 매개이면서 삶의 질서를 유지하는 시적 원천이 된다. '잡초'는 분쟁과 불화가 없는 사랑과 평화의 상징 이미지로 세시된다. 시인의 시선에서 보면, "우리 집 뜨락의 잡초"는 가장 아름다운 자연의 한 풍경이면서, 또한 가장 바람직한 인간 삶의 한 표본이 된다.

4.

과거 회상의 형식으로 상상력을 펼쳐가던 시적 시선은 다시 현재로 돌아와 또 다른 의미를 생성하게 된다. 이 단계는 고향, 어머니에 대한 그리움, "내가 꿈꾸는 세상"과 '잡초'가 내장하는 '평화'의 세계를 거쳐 당도한 지점이다. 지나온 발자취와 오늘에 이르는 자아 인식의 세계, '고향'을 중심에 두고 펼쳐지는 '어린 시절'의 이야기 등이 여기에 있다. 따라서 과거, 현재, 미래를 두루 포괄하는 단계적 흐름이라고 할 수 있다. 이 단계는 '꿈'의 형식이 아닌, 지금 이 시점의 자아를 일깨우는 상상력의 근간이 된다는 점에서 의미가 크다.

나에겐 부러운 것이 하나 있다
완전한 사랑, 완전체에 대한 그리움

길가 숲속을 거닐다가
문득 하나 된 나무를 만나면
나도 모르게 발길 멈추어진다

잔잔한 가슴속 소용돌이
봄꽃같이 설레는 걸음

그러다, 어느 한 곳
미세한 틈새가 보이면
왠지 슬퍼진다

완전한 동그라미는 없는 것일까
완전체의 사랑은 없는 것일까

오늘도
숲길을 걸으며
물음을 던지고 또 던진다
　　　―「연리지 단상」 전문

　양동일 시세계에서 시적 주체와 세계는 대체로 합치되지 않는 고립과 단절의 형식에 닿아있다. 아무도 모르는 '눈물'과 '해초', '강자갈'이 내장하는 '고독'의 세계도 이러한 배경 속에서 생성된다. 위 인용 시편 「연리지 단상」은 이러한 내적 정서를 엿볼 수 있는 일정 단서가 될 것이다. "완전한 사랑, 완전체에 대한 그리움"이 내장하는 정서적 흐름이 이를 반영한다. '완전체'는 불화와 부조화를 뛰어넘어 나와 너, 우리를 '하나'의 관계성으로 포섭한다. 나를 체감하고, 나와 세계의 관계성을 인식하는 배경이 여기에 있다. '연리지'는 "완전한 사랑", '완전체'를 기반으로 하는 관계성의 한 조건이 된다.
　시인은 "길가 숲속을 거닐다가 / 문득 하나 된 나무를 만나면 나도 모르게 발길 멈추어진다"라고 말한다. "그러다, 어느 한 곳 / 미세한 틈새가 보이면 / 왠지 슬퍼진다"라고 상반된 의미 배경까지 열어놓는다. "봄꽃같이 설레는 걸음"은 때로 예기치 못한 상황과 맞닥뜨리기도 한다. "하나 된 나무"에서 "미세한 틈새"를 발견하게 되는 것이 그것이다. '연리지'와 "미세한 틈새"는 내적 갈등을 유도하는 중요한 의미요소가 된다. 시인이 읽어내는 이 두 개의 구도는 우리가 살아가면서 수없이 봉착하게 되는 갈등 요소이다. 이러한 갈등 요소는 보이게, 보이지 않게 우리의 삶 속에 깊이 침투해 있다.

'연리지'의 '완전체'와 그 '틈새'의 부조화를 대비시키는 것은 현실적 모순성을 짚어내는 내밀한 단서가 된다. 현대적 삶의 근저에는 '하나'의 동질감보다 균열과 불화, 부조화와 불완전성이 만연해 있기 때문이다. 양동일 시인의 '완전체'에 대한 그리움은 이러한 현실을 자각하고 비판하는 시적 근간이 된다. 관계성의 회복과 단절의 공백을 치유하고 극복해 가고자 하는 시적 목소리도 이러한 배경 속에서 발현된다. "완전한 동그라미는 없는 것일까 / 완전체의 사랑은 없는 것일까"라는 물음 또한 그 연장선상에 놓여있다. 이러한 물음은 결국, 우리 모두에게 던지는 비판적/반성적 목소리가 될 것이다.

    나는 어깨동무가 좋다

    남녀노소 가릴 것 없이
    우정을 품은 사람들과
    기꺼이 나누는 어깨

    사진을 찍을 때도
    떼창을 하고, 발걸음을 맞출 때도
    늘 함께하는 어깨동무

때로
낯선 사람들과 어깨동무하다가
눈총을 받을 때도 있지만,
그래도 나는 어깨동무가 좋다

정을 나누고
온기를 전하는 어깨동무
외롭고 고달픈 삶의 길에서
함께한다는 기쁨

이게 바로 어깨동무 인생이니까
　　　　　　―「어깨동무 인생」 전문

'어깨동무'의 가장 큰 덕목은 '함께'라는 관계성에 있을 것이다. "외롭고 고달픈 삶의 길에서 / 함께한다는 기쁨"에서 알 수 있듯이, '함께'는 '우리'라는 관계성을 확인시켜 준다. "남녀노소 가릴 것 없이" 누구나 '함께'할 수 있다는 것이 그 특징적 배경이 된다. "우정을 품은 사람들"과 "정을 나누고 / 온기를 전하는 어깨동무"에는 그 어떤 차별이나 견제 없이 사람과 사람의 따뜻한 유대가 전제되어 있다. "사진을 찍을 때", "떼창을 하고, 발걸음을 맞출 때" 등 특정 배경이 주어지지만, 그 안에는 늘 '함께'가 자리하고 있다.

이처럼 '어깨동무'는 분리된 관계성을 하나로 결집할 수 있다는 장점이 있다. '틈새'의 균열을 막고 단절의 거리를 좁힐 수 있는 '완전체'의 형식이 그것이다. "외롭고 고달픈 삶의 길"은 우리의 삶의 발자취와 그 발자취가 불러내는 비애의 정서에 닿아있다. 우리는 복잡한 현대적 삶의 구조와 그 구조가 빚어내는 여러 파열음 속에서 살 아간다. 시인은 너와 나의 거리감, 관계성의 부재에서 오 는 부조화의 현실을 '어깨동무'와 '함께'의 '정'을 통해 채 워가고자 한다. '어깨동무'는 마음과 마음이 맞닿아야 할 수 있는 행위이다. 이것이 곧, "외롭고 고달픈 삶의 길"을 '기쁨'의 세계로 이끌 수 있는 징검다리가 될 것이다.

잡으려 하면
더 멀어지는 그대

마음껏 그저 흘러가소서
미련 없이 떠나가소서

푸른 하늘 저 멀리
자유로이 날고 있는 새처럼
나는 나만의 길을 가리니,
그대는 그냥 가던 길을 가소서

어리석은 세월이여
더 이상 붙잡지 않을 테니
그대는 그대의 길을 가소서
　　　—「바람 같은 그대」 전문

양동일 시세계를 돌아보면, 시간에 대한 사유가 큰 틀을 구성하고 있다. 시인의 시적 시선이 대부분 오늘에서 과거, 과거로부터 오늘까지의 시간적 거리를 함유하고 있기 때문이다. "잡으려 하면 / 더 멀어지는 그대"에서 알 수 있듯이, '세월'은 나와 무관하게 흘러간다. 따라서 '세월'에 대한 아쉬움과 안타까움이 필연적으로 스며들 수밖에 없다. 그럼에도 시인은 "마음껏 그저 흘러가소서 / 미련 없이 떠나가소서"라고 오히려 선선히 길을 내어준다. 여기에는 "나는 나만의 길을 가리니"라는 단서가 붙는다. 이는 '세월'이 흘러감을 그저 바라보거나 한탄하는 것이 아니라, 담담하게 수용하면서 자신의 '길'을 걷고자 하는 내적 의지를 반영한다. 여기서 시간을 사유하는 시인의 시적 인식의 저변을 엿볼 수 있다. "나만의 길"은 결국, 시의 길과 결부되어 있을 것이다.

좋은 시를 쓰고 싶다
많이 늦었지만 내 안에는 아직
쓰지 못한 시들이 가득 차 있다
못다 한 이야기가 쌓여있다

좋은 시가 아니어도 좋다
거울을 비춰보듯 내 마음속의 풍경을
맑게, 따뜻하게 풀어내고 싶다

내 걸어온

외롭고 슬프고 아름다운 날들을
내 이웃의 어제와 오늘
웃음과 눈물의 사연들을

흘러간 시간 속에
남겨진 숱한 언어들

내 마음속의 시로 남아있다
　　　　　―「내 마음속의 시」 전문

"좋은 시를 쓰고 싶다"는 양동일 시인에게 큰 소망의 형식으로 다가온다. 이는 일상적 삶의 시간을 잠시 접어두고, 시를 쓰는 일에 온 마음을 열어놓고자 하는 자신만의 다짐이기 때문이다. '좋은 시'에 대한 열망은 시를 쓰는 사람이라면 누구나 품게 되는 것이지만, 양동일 시인의 경우 조금은 특별하다. 여기에는 "많이 늦었지만"이라는 시간적 배경이 등장하기 때문이다. 이는 시적 걸음이 남들보다 늦었다는 의미가 될 것이다. 그럼에도 꼭 시를 써야 할 이유가 있다. "내 안에는 아직 / 쓰지 못한 시들이 가득 차 있"고, "못다 한 이야기가 쌓여있"기 때문이다. "쓰지 못한 시들", "못다 한 이야기"는 반드시 풀어야 할 내 안의 응어리이면서 자아실현을 위한 크나큰 과제가 된다.

특징적인 것은, "좋은 시가 아니어도 좋다"라는 내용이 연이어 등장하고 있다는 것이다. "거울을 비춰보듯 내 마음속의 풍경을 / 맑게, 따뜻하게 풀어내고 싶다"라는 것이 그 배경이 된다. "좋은 시를 쓰고 싶다"와 "좋은 시가 아니어도 좋다” 사이에는 많은 이야기적 배경이 함축되어 있다. 이는 단지, ‘좋은 시’, “좋은 시가 아니어도”의 경계를 넘어 ‘나’를 찾아가는 절실한 목소리를 담고 있기 때문이다. 나아가 ‘내 이웃’을 돌아보는 삶의 무게를 담고 있다. “내 걸어온 / 외롭고 슬프고 아름다운 날들을 / 내 이웃의 어제와 오늘 / 웃음과 눈물의 사연들”의 구도가 여기에 있다. 나와 ‘내 이웃’은 분리된 관계성이 아니라, 하나의 이야기 구도 속에 놓여있다. 따라서 “내 걸어온”, “내 이웃의 어제와 오늘”은 위 시편 “내 마음속의 시”를 풀어내는 가장 긴밀한 경험 요소이고, 또한 그 상상력의 근간이 된다.

　양동일 시인의 첫 시집 『강자갈의 고독』에는 ‘생의 발자취’로 표상되는 다양한 경험적 시간이 매개되어 있다. 이러한 시간은 ‘어린 시절’, 청소년기, 뜨거운 ‘삶의 전장’을 거쳐 오늘날에 이른다. 이런 점에서, 첫 시집의 출발은 한 생의 발자취를 돌아보는 시점이 될 것이다. “심장의 눈물”, “강자갈의 고독”을 지나 “완전체에 대한 그리움”, “어깨동무”를 꿈꾸게 하는 시적 시간이 여기에 있다. 현재 시점에서 과거, 과거에서 다시 현재로 돌아오는 긴 시간적 거리는 생에 대한 끊임없는 물음의 과정이다. 이러한 물음은 단절된 관계성을 회복하고, ‘평화’를 구축하는 중요한 단서가 된다. “흘러간 시간 속에 / 남겨진 숱한 언어들”(「내 마음속의 시」)은 단지 흘러간 이야기가 아니라, 오늘을 일깨우는 ‘생명’의 언어이다. ‘눈물’과 ‘고독’의 시간은 그 자체로 아름답다. 여기에 자아실현의 가치를 생성하는 시의 시간, 삶의 시간이 응집되어 있기 때문이다.

강자갈의 고독

양동일 지음

발행처	도서출판 청어
발행인	이영철
영업	이동호
홍보	천성래
기획	육재섭
편집	이설빈
디자인	이수빈 ǀ 구유림
인쇄	정우인쇄

등록 1999년 5월 3일
(제321-3210000251001999000063호)

1판 1쇄 발행 2026년 5월 1일

주소 서울특별시 서초구 남부순환로 364길 8-15 동일빌딩 2층
대표전화 02-586-0477
팩시밀리 0303-0942-0478
홈페이지 www.chungeobook.com
E-mail ppi20@hanmail.net

ISBN 979-11-6855-445-0(03810)